DEUS FEZ
MENINOS E MENINAS

Ajudando as crianças a entenderem o dom do gênero

Marty Machowski

Criou Deus o homem à sua imagem,
à imagem de Deus o criou;
homem e mulher os criou.

Gênesis 1.27

Queridos pais ou cuidadores,

Escrevi este livro para lhes proporcionar uma maneira de falar com as crianças sobre a maravilhosa verdade de que Deus criou cada um de nós, homem ou mulher, de acordo com o seu plano. Na geração passada, ninguém teria imaginado que tantos estariam confusos a respeito de seu próprio gênero. Mas hoje a ideia de que você pode escolher o seu gênero está ganhando força em nossa cultura.

Isso é muito confuso para as crianças, e é reconfortante podermos confiar na Palavra autoritativa de Deus para ajudar as crianças a entender que o sexo biológico com o qual nascemos é o bom dom de Deus para cada um de nós. Você pode conseguir mudar as roupas que usa, mas nada pode mudar a sua identidade sexual biológica dada por Deus. Se Deus a criou mulher, nada do que você fizer vai alterar quem Deus a criou para ser.

Além disso, *Deus criou meninos e meninas* equipará as crianças a responder com amor e bondade àqueles que se encontrarem confusos sobre seus próprios gêneros. As crianças aprenderão sobre o amor de Deus que nos foi expresso em Jesus e sobre como nós podemos compartilhar esse amor com outros por meio das nossas palavras e ações.

Você pode usar *Deus criou meninos e meninas* de forma proativa ao ler para seus filhos mais novos ou guardá-lo em sua estante como recurso para voltar a ele quando surgir a necessidade. De qualquer forma, eu oro para que este livro o ajude a compartilhar com as crianças que você ama a beleza do perfeito projeto da criação de Deus.

Que Deus abençoe você e sua família por meio destas páginas.

Pela graça de Deus,
Marty Machowski

Após o almoço, no pátio, as meninas convidaram Maria para pular corda com elas.

— Eu vou jogar futebol — Maria respondeu ao correr por elas e acenou para os meninos pedindo que jogassem a bola para ela.

Maria amava jogar futebol, fazer flexões, subir em árvores e, mais do que tudo, Maria amava correr.

O professor delas, o Sr. Rafael, estava observando as crianças brincarem. Ele viu Maria fazer um zigue-zague com a bola. Nenhum dos meninos conseguia alcançá-la.

Ela é rápida como o vento, pensou ele para si mesmo ao tocar o sino para o fim do recreio.

Enquanto as crianças faziam fila,
Maria correu para frente dos meninos.
O Sr. Rafael ouviu Lucas gritar para Maria.

— Se você continuar brincando com os meninos,
vai se transformar num menino!

— Sr. Rafael, isso é verdade? — Maria perguntou.
— Eu vou me transformar em um menino? — Ela não queria
se tornar um menino.

— Não — replicou o Sr. Rafael. — Isso não é verdade.
Meninas não se transformam em meninos. Deus as fez meninas para a vida toda.
E, Lucas, isso foi uma coisa agradável a dizer?

Lucas revirou os olhos, mas disse:
— Perdão.

O Sr. Rafael disse: — Obrigado, Lucas.
E vamos conversar mais sobre isso
quando voltarmos para a classe.

De volta à sala de aula, enquanto as crianças se sentavam, o Sr. Rafael escreveu no quadro:

Gênero – bom dom de Deus.

E então ele se voltou para a classe e disse:
— Vejamos o que a Bíblia diz. Vocês sabiam que gênero é a palavra que usamos para descrever o bom dom de Deus de criar cada um de nós como homem ou mulher?

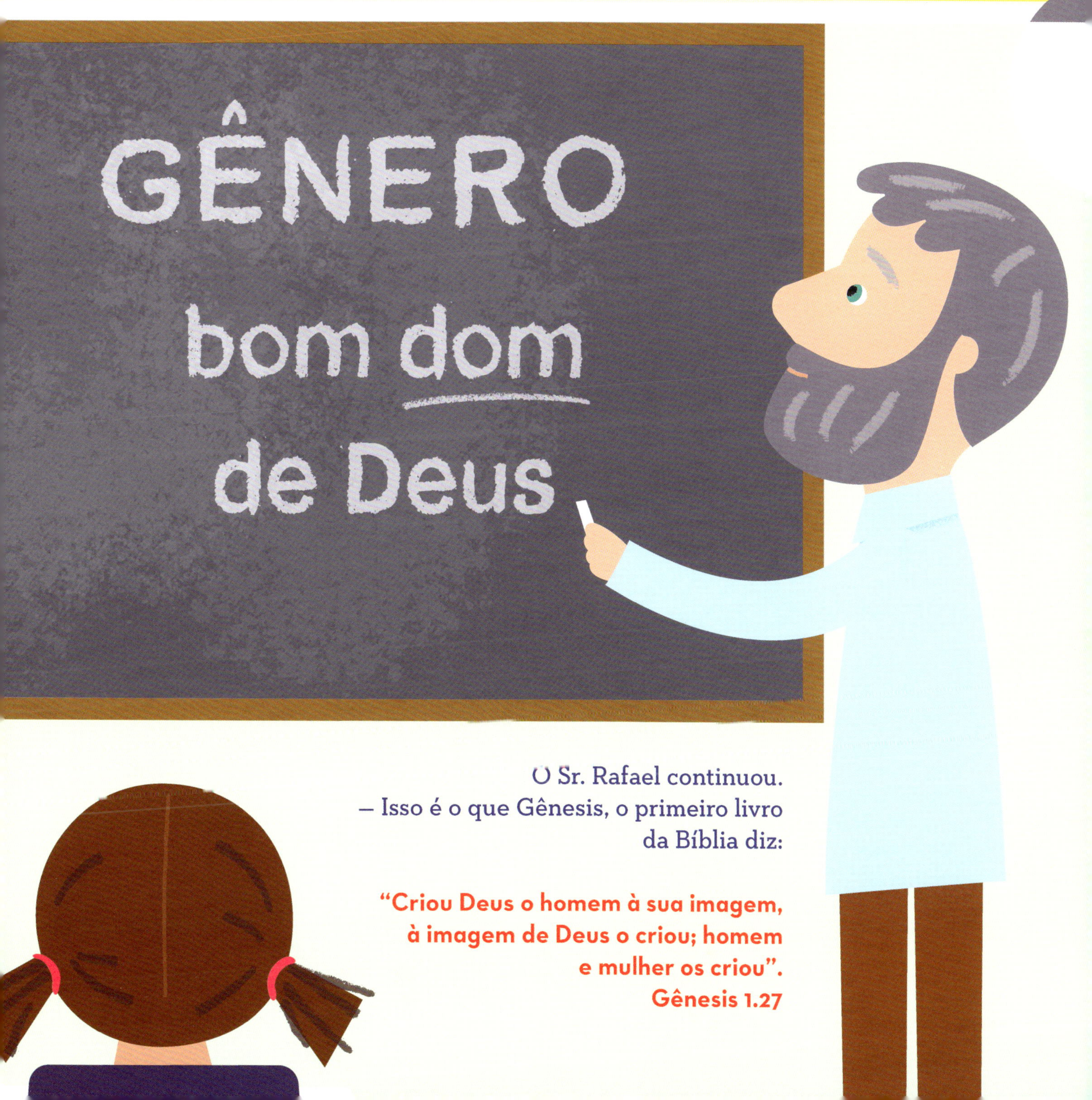

GÊNERO
bom dom
de Deus

O Sr. Rafael continuou.
— Isso é o que Gênesis, o primeiro livro da Bíblia diz:

"Criou Deus o homem à sua imagem, à imagem de Deus o criou; homem e mulher os criou".
Gênesis 1.27

— Então, classe, o que a Bíblia diz sobre como nós somos criados? — perguntou o Sr. Rafael.

Bianca disse: — Nós somos criados à imagem de Deus.

— Sim — disse o Sr. Rafael — e o que mais?

Lucas disse vagarosamente:
Deus escolheu alguns de nós para serem
MENINOS
e outros para serem
MENINAS.

O Sr. Rafael continuou: — Você sabia que, se você é menino, então menino está no seu sangue? E se você é menina, essa menina está no seu sangue também?

— Que nojo! — disse Maria.

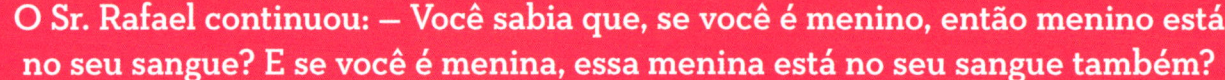

— O que você quer dizer? Menino está no meu sangue? — Murilo falou logo. Ele achou isso muito legal.

— Menino está nos seus dedos dos pés e das mãos, nos seus olhos e no seu cabelo. Deus dá a cada um de nós um código especial que é encontrado em cada celulazinha do nosso corpo. Existe um código para a cor da sua pele, cabelo e olhos. E há um código que diz que você é menino e um código que diz que você é menina.

— Meninas têm um código de gênero de dois X que as torna mulheres e os meninos têm um código de gênero XY que os torna homens. O seu código de gênero está armazenado bem profundo em todas as células do seu corpo — explicou o Sr. Rafael.

— Acho que as meninas serem X duplo é muito especial — disse Bianca.

— Talvez sim — respondeu o Sr. Rafael — mas os meninos são especiais também!

— Não, Deus é quem escolhe o seu código. O seu gênero é um presente dele para você. A Bíblia nos diz que Deus fez o mundo inteiro e tudo o que há nele.

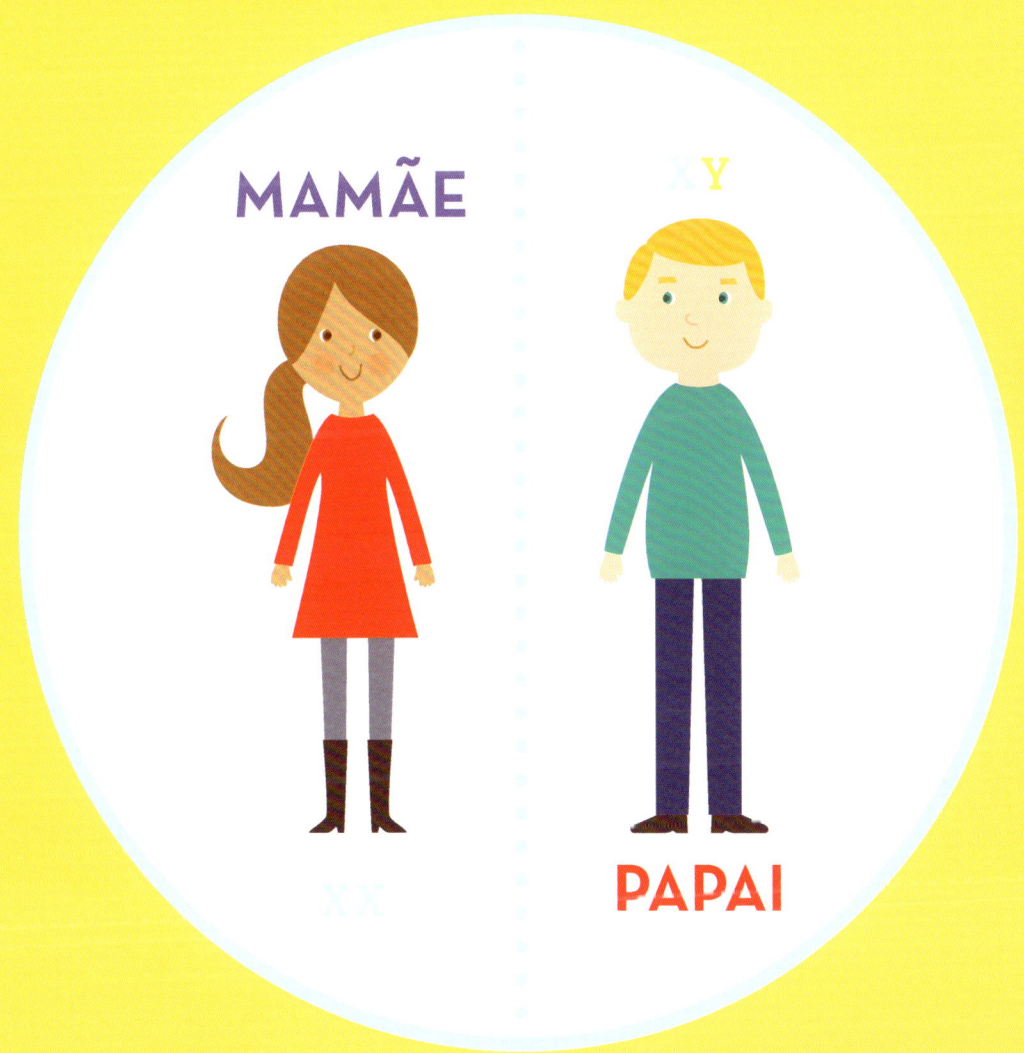

A última coisa que Deus criou foi um menino e uma menina para tomarem conta e cuidarem do mundo. Ele os fez para serem seus companheiros no cuidado do seu mundo e para encherem o mundo com meninos e meninas assim como eles!

— Alguém sabe os nomes do primeiro menino e da primeira menina? — perguntou o Sr. Rafael.

— **Adão e Eva!**
— gritou Lucas.

— Sim
— respondeu o Sr. Rafael —, mas Lucas, da próxima vez, por favor, levante a sua mão!

O Sr. Rafael continuou:
— Deus fez Adão e então disse a ele para dar nome a cada um dos animais. Enquanto Adão dava nome a cada um, ele viu que todos tinham companheiros. Havia leão e leoa, elefante e elefanta, zebras macho e fêmea, pássaros azuis macho e fêmea e até tartarugas macho e fêmea!

Mas Adão não conseguia encontrar ninguém como ele. **Adão era o único que não tinha uma companheira!**

— Ela tinha um duplo X superespecial? — perguntou Lara.

— Sim, ela tinha. Quando Adão acordou do seu sono, ele ficou muito feliz. Primeiramente Adão a chamou de Mulher porque Deus a fez da costela de um homem. Mas, depois, Adão deu a ela o nome de Eva. Deus fez Eva refletir sua imagem para o mundo, assim como Adão.

Deus disse a Adão e Eva que trabalhassem juntos no jardim e que enchessem toda a terra com seus filhos. Depois Deus olhou para tudo o que havia feito e disse que era muito bom.

— Vocês sabem — continuou o Sr. Rafael — **meninas e meninos todos têm diferentes talentos e dons.**

Algumas meninas amam cantar e dançar, enquanto outras meninas correm como o vento e gostam de subir em árvores.

Algumas garotas gostam de cozinhar, enquanto outras preferem consertar carros.

— Alguns meninos podem pular alto e correr rápido, enquanto outros são artistas.

Alguns meninos gostam de dançar e alguns amam cantar.

Alguns cozinham e outros consertam carros. Mas nada disso muda quem Deus os criou para ser.

— Lembrem-se, não é o que nós fazemos, gostamos ou pensamos que nos tornam menino ou menina. Deus nos deu nosso gênero como um dom especial, e Deus nunca comete erros. Seus caminhos são perfeitos.

— Assim, todo menino XY é uma criação maravilhosa de Deus e toda menina XX é...

— superespecial — interrompeu Lara.

— Sim, toda mulher é uma menina superespecial maravilhosamente criada com um duplo X. Assim como você.

— Eu gostaria que esse fosse o final da história. Mas antes mesmo que Adão e Eva começassem uma família, algo triste aconteceu — continuou o Sr. Rafael.

— Deus deu a Adão e a Eva apenas uma regra. Eles podiam comer o fruto de qualquer árvore, menos da árvore do conhecimento do bem e do mal.

Deus avisou a eles que se comessem o fruto daquela árvore, eles morreriam.

Infelizmente, eles desobedeceram a Deus e comeram da árvore proibida.
Desde aquele dia, todos desobedecem a Deus.
As pessoas ficam confusas porque não sabem
ou não creem no plano de Deus e na sua verdade.

**Nós queremos seguir o nosso próprio caminho
e não o caminho de Deus.**

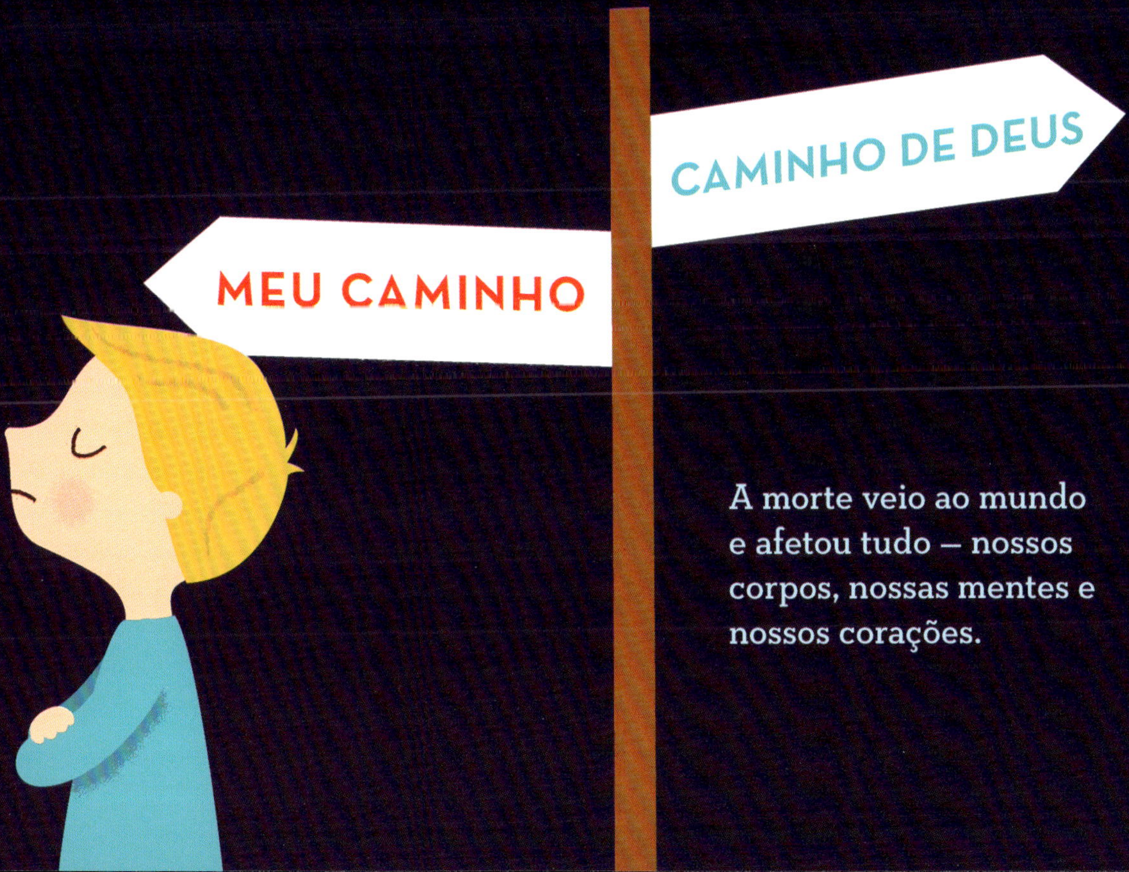

A morte veio ao mundo e afetou tudo — nossos corpos, nossas mentes e nossos corações.

— Como conseguimos ajuda? E como podemos ajudar outras pessoas também? — perguntou Murilo.

— Deus é quem nos ajuda. Mesmo as pessoas tendo rejeitado Deus e os seus caminhos e caído em pecado, Deus ainda as ama. Lucas, você sabe como Deus demonstrou seu amor por nós? — perguntou o Sr. Rafael.

— Ele enviou seu Filho Jesus para nos salvar dos nossos pecados — replicou Lucas. — Nós acabamos de memorizar João 3.16, certo, Sr. Rafael?

Porque Deus tanto amou o mundo que deu o seu Filho Unigênito, para que todo o que nele crer não pereça, mas tenha a vida eterna.
João 3.16

— Exatamente! — disse o Sr. Rafael.

— Deus fez algo especial para salvar seu povo do pecado.

Deus, o Filho, deixou seu trono e se tornou um pequeno grão de bebê que cresceu dentro de uma jovem chamada Maria.

Quando Jesus nasceu, ele era verdadeiro Deus e verdadeiro homem.

— Jesus viveu uma vida perfeita e nunca pecou, de tal forma que pôde levar o nosso pecado sobre si. O mundo odiava Jesus e o pregou numa cruz para morrer.

Enquanto permanecia pregado na cruz, Deus, o Pai, puniu Jesus pelos nossos pecados.

— Hoje, todos que se afastam dos seus pecados e confiam em Jesus podem ser salvos e perdoados.

Deus coloca seu Espírito Santo nos corações de todos aqueles que creem em Jesus para lembrá-los dos caminhos de Deus e do seu plano, a fim de ajudá-los a viver para Deus e serem as pessoas que Deus as criou para ser.

— Uau! — disse Murilo.
— Isso é que é verdadeiro amor — morrer por alguém, em seu lugar.

— Sim — disse o Sr. Rafael.
— E é por isso que é tão importante amar as pessoas. As pessoas aprendem sobre o amor de Deus quando nós as amamos.

MEU CAMINHO

CAMINHO DE DEUS

— Como vocês acham que podem demonstrar aos outros o amor de Deus? — perguntou o Sr. Rafael.

— **Não criticando meninos e meninas pelo que eles gostam de fazer** — disse Lucas ao olhar para Maria.

— **Usando nossas palavras para ser bondosos e encorajar outros** — disse Murilo.

Você é uma cientista maravilhosa!

— Jesus disse que nós devemos amar o nosso próximo e até aqueles que discordam de nós. Assim, devemos demonstrar amor a pessoas que podem estar confusas a respeito de seu gênero e sobre como Deus as criou — acrescentou Samanta.

— Correto! — disse o Sr. Rafael.
— Deus quer que amemos os outros da maneira como ele nos ama e que sejamos bondosos com todos.

VERDADES SOBRE GÊNERO

para compartilhar com as crianças

Toda pessoa é criada de forma especial por Deus

Davi disse: "Tu criaste o íntimo do meu ser e me teceste no ventre de minha mãe. Eu te louvo porque me fizeste de modo especial e admirável. Tuas obras são maravilhosas! Disso tenho plena certeza. Meus ossos não estavam escondidos de ti quando em secreto fui formado e entretecido como nas profundezas da terra. Os teus olhos viram o meu embrião; todos os dias determinados para mim foram escritos no teu livro antes de qualquer deles existir". (Sl 139.13-16). Deus criou cada pessoa para ser menino ou menina e fez do nosso gênero uma parte de toda célula do nosso corpo. Deus não somente deu um gênero a cada pessoa desde o ventre de nossa mãe, mas planejou cada um dos nossos dias!

A Palavra de Deus nos diz que Deus criou as pessoas com um sexo biológico único (Gn 1.27). Assim como os elementos fundamentais da terra que foram criados são fixos, assim também acontece com o nosso sexo biológico. Mas a Queda afetou os nossos cromossomos também. Por causa da Queda, uma porcentagem bem pequena de pessoas nasce com disfunções genéticas. Algumas dessas disfunções afetam as características sexuais da pessoa. É importante demonstrar bondade e compaixão por aqueles que têm essas disfunções genéticas. Aqui estão alguns exemplos:

> A Síndrome de Turner (XO), a Síndrome do X triplo (XXX), a Síndrome de Klinefelter (XXY) e a Síndrome XYY. Também há uma condição genética em que um indivíduo tem tanto o órgão sexual masculino quanto o feminino. Essa condição resulta de uma mutação nos cromossomos autossômicos (não X ou Y). Existem várias enfermidades genéticas que afetam a produção de hormônios ou a sensibilidade hormonal que resultam em desenvolvimento sexual anormal. Na Síndrome de Insensibilidade aos Andrógenos (AIS), um indivíduo é XY, mas desenvolve órgãos femininos, porque seus tecidos não respondem aos hormônios masculinos. Também existem indivíduos que são XX, mas desenvolvem órgãos masculinos, porque parte da região SRY do cromossomo Y translocou para o cromossomo X.*

Todos os meninos e todas as meninas não são criados da mesma forma

Considere os filhos gêmeos de Isaque, Jacó e Esaú, e observe quão diferentes eles eram no nascimento e na vida. "Ao chegar a época de dar à luz, confirmou-se que havia gêmeos em seu ventre. O primeiro a sair era ruivo, e todo o seu corpo era como um manto de pelos; por isso lhe deram o nome de Esaú. Depois saiu seu irmão, com a mão agarrada no calcanhar de Esaú; pelo que lhe deram o nome de Jacó. Tinha Isaque sessenta anos de idade quando Rebeca os deu à luz. Os meninos cresceram. Esaú tornou-se caçador habilidoso e vivia percorrendo os campos, ao passo que Jacó cuidava do rebanho e vivia nas tendas". (Gn 25.24-27). Esaú e Jacó eram muito diferentes, mas isso não mudava o gênero deles. Ambos eram do sexo masculino.

O gênero não é determinado por nossa personalidade ou preferências

O gênero é determinado pelos cromossomos que você obtém dos seus pais. A metade vem da sua mãe e a outra metade vem do seu pai. As mães, que têm dois X, dão um dos seus X. Os pais têm dois cromossomos diferentes, um X e um Y. Se um bebê ganha um X do seu pai para combinar com o X da sua mãe, será uma menina (XX). Bebês que ganham um Y dos seus pais se tornam meninos (XY). Esse código é encontrado em todas as células do seu corpo. Meninas que gostam de subir em árvores ou brincar com caminhõezinhos ainda são meninas (XX). Meninos que gostam de cozinhar e brincar com bonecas ainda são meninos (XY). Há uma grande diversidade dentro do plano de Deus para homens e mulheres. Nós precisamos evitar os estereótipos de gênero que são tradicionalmente associados com o que um menino faz ou o que uma menina faz, o que pode se tornar fonte de confusão para crianças que não "se encaixam no molde". Certifique-se de cumprir o "exortem-se e edifiquem-se uns aos outros" (1Ts 5.11).

Sejamos cuidadosos com as nossas palavras

Deus dá a meninos e meninas uma diversidade de dons e talentos. Sejamos cuidadosos para não provocar ou zombar de crianças que não parecem se encaixar em nossa ideia do que se espera que um homem ou uma mulher sejam ou façam.

A confusão de gênero da nossa cultura é o resultado de rejeitarmos a verdade de Deus e seus caminhos

Quando nós rejeitamos a verdade de Deus e os seus caminhos, nós acabamos fazendo o que é reto aos nossos próprios olhos. (Jz 17.6). Paulo advertiu que, uma vez que as pessoas trocam "a verdade de Deus pela mentira" (Rm 1.25), isso as leva também a rejeitar as verdades que a Bíblia nos ensina sobre todos os tipos de coisas — inclusive o gênero.

Nós somos chamados para amar o nosso próximo

Nós somos chamados para alcançar, com amor e através do evangelho, as pessoas que rejeitam Deus. Mateus nos diz que quando Jesus viu as multidões de pessoas "teve compaixão delas, porque estavam aflitas e desamparadas, como ovelhas sem pastor" (Mt 9.36). Então Jesus enviou seus discípulos a elas para pregar a verdade e curar os doentes. Jesus também disse: "Ame o seu próximo como a si mesmo" (Mt 22.39). Assim, certifiquemo-nos de ter compaixão das pessoas que estão confusas sobre seu genero e estendamos a elas o amor cristão ao compartilharmos as Boas-novas do reino.

---

* Informação proporcionada por Dra. Lisa McKernan, Professora Associada de Biologia (aposentada em 2018), Chestnut Hill College, Filadelfia, PA. Para mais informações sobre disfunções cromossômicas de sexo, veja também: L. A. Urry, M. L. Cain, S. A. Wasserman, P. V. Minorsky, J. D. Reece, e N. A. Campbell, Campbell Biology (Nova Iorque, NY: Pearson Education 2017), 309.

M151d   Machowski, Martin, 1963-
           Deus fez meninos e meninas : ajudando as crianças a entenderem o dom do gênero / Marty Machowski ; [tradução: Meire Santos]. – São José dos Campos, SP: Fiel, 2021.

           1 volume (não paginado) ; il. color.
           Tradução de: God made boys and girls : helping children understand the gift of gender.
           ISBN 9786557231180 (impresso)
                9786557231197 (epub)

           1. Sexo – Aspectos religiosos – Cristianismo – Literatura infantojuvenil. I. Título.

                                            CDD: 233.5

Catalogação na publicação: Mariana C. de Melo Pedrosa – CRB07/6477

Deus fez meninos e meninas: Ajudando as crianças a entenderem o dom do gênero
Traduzido do original em inglês:
God made boys and girls: helping children understand the gift of gender

Copyright do texto © 2019 por Marty Machowski
Copyright da ilustração © 2019 por New Growth Press
Publicado originalmente por New Growth Press, Greensboro, NC 27404, USA.

Copyright © 2019 Editora Fiel
Primeira edição em português: 2021

Todos os direitos em língua portuguesa reservados por Editora Fiel da Missão Evangélica Literária.
Proibida a reprodução deste livro por quaisquer meios sem a permissão escrita dos editores, salvo em breves citações, com indicação da fonte.

Diretor: Tiago J. Santos Filho
Editor-chefe: Vinicius Musselman
Editora: Renata do Espírito Santo T. Cavalcanti
Coordenação Editorial: Gisele Lemes
Tradução: Meire Santos
Revisão: Renata do Espírito Santo T. Cavalcanti
Adaptação Diagramação e Capa: Rubner Durais
ISBN (impresso): 978-65-5723-118-0
ISBN (eBook): 978-65-5723-119-7

Impresso em Abril de 2024, em papel couche fosco 150g, na Hawaii Gráfica e Editora

FIEL Editora
Caixa Postal, 1601 | CEP 12230-971
São José dos Campos-SP
PABX: (12) 3919-9999
www.editorafiel.com.br

Agradecimentos

Agradecimentos especiais a Mark Prater por seu incentivo para escrever um livro sobre o dom de Deus a respeito do gênero. Eu também gostaria de agradecer a muitas pessoas cujas sugestões e correções ajudaram-me a formatar este livro, especialmente a Josh Blount, Barbara Juliani e à equipe da New Growth Press, juntamente com Dra Lisa McKernan, que proporcionou a informação sobre disfunções genéticas.

Marty Machowski